詩集

梅の切り株

高橋静恵

コールサック社

詩集

梅の切り株

目次

Ⅳ章　生のリズム

詩集

梅の切り株

高橋静恵

序詩

福島の桃

両手のてのひらに
たいせつなものを抱くように
一個の大きな桃を載せる

十指のすべてを
やさしく濡らしながら
桃を噛む

ほのかな甘い香り
柔らかい

甘酸っぱい
口蕩《とろ》かして頬落ちる

福島の桃
怒りや悲しみの味が
世界中の舌を閉め出した
にんげんの食をしめだした

Ⅰ章　梅の切り株

梅の花が咲き

我が家の居間から見える景色は
いつもの年と同じように梅の花が咲き
春の柔らかな日差しを浴びています
この北窓開く季節を待っていましたのに
すべての窓は閉ざされたまま

新しい芽を吹いた水草も雪代《ゆきしろ》を待ち
花々の蕾も膨らみ始め
春泥も春の足跡であったはず

いつものように春を迎えたい
幼な児と野に出て弁当を広げ
ツクシやヨモギを摘み
足の裏からも春を楽しみたい

あの日
風景がごうごうと得体の知れない怪物のようになり
揺れが収まった空は薄暗くなり
雪が黒く舞い上がって行きました
ふるさとに
十基もの原子力発電所があったことも知らなくて

私のなかで眠っていたワタシが
なにをしてきたのでしょう
なにをしてこなかったのでしょう

なにができたのでしょう
なにができなかったのでしょう
私を責め続けてくるのです

血の涙が
声なき悲鳴が
沈黙のなかで
ただただ畏れているのです

梅の切り株

梅の木を切ることにした
新築祝いにと義父が植えてくれた梅
ほんのり甘酸っぱいジュースやジャムは
家族の喉の渇きを潤し
クーラーの無い我が家の夏を癒してくれた

梅の木が切り株になった
外出先から戻ると、すでに
除染作業員の手で切られていた
切り口は楕円で

中心から三分の二は乾燥しているが
外側になるにつれて
血のような赤い色がじわじわ滲む

切り株は寡黙になった
草木が引き剥がされ
空っぽになった庭の東の隅に
二十六年の歳月の欠けらがうずくまる

梅の精がひとり正座している
ごつごつとした幹肌には
薄い痛みが張りついたまま
この小さな庭で
わたしたち家族
これから暑い夏を

どうやって癒して行くのだろう

切り株にしたのはわたしだ
切り株の影が
わたしの背を抱いている
うつうつ
おろおろ
為すすべもなく
わなわな
れろれろ
闇の中で
溢れる嗚咽がわたしを抱いている

若葉のように

どこを歩いても
濃淡の緑が爽やかだ
庭先に出ても
東隣りの山椒の葉の緑が鮮やかだ
西隣りの柿若葉が初々しい

だが、私の庭は
梅の木を切り株にしてしまったから
空は広くなったけれど
花の香りも若葉の輝きも失っている

原発を誘致してしまった罪と罰
庭からも竹林からも里山からも森林からも
樹木の心思の喪失
心の痛みは癒えない
どこかで進む道を間違えてきたのではないか
いまだ廃炉までの道のりさえわからない
いつだって、私は切り株に問われている

日の光、風の音、若葉の色、季節の匂い
幸せに感じる瞬間は
いつも今ここに
私の心のなかに
蘇ってくる
見えているつもりでも
見ようとしないと見えてこないもの

つながっていくたくさんのいのち

私は梅の木を切ったのだ
いのちの連鎖を断ち切ったのだ
私に死ぬ覚悟があったろうか
ひとつのいのちを絶って
仕方がなかったと言えるのだろうか

おずおず
こわごわ
自問しながら生きている
自分の小ささを抱いて
おそるおそる
生きてみる

ふらふらした魂

土に還らないものが堆積していて
とぐろを巻いた蛇が
鎮まらない魂を飲み込もうと
もがいている
胸が苦しくなって目が覚めた

三十年もふらふらするのは辛いことではなかろうか
絶対に格納器から出られないはずだったのに
外気に放出されたのは不本意なことだった
君たちはどこに姿を隠せばいいのだろう

まあるい体のまあるい目から
まあるい涙を流している

私は起き上がり
静かに胡坐《あぐら》をかく
目を瞑り
呼吸を聞く
しっかり吸い込んだはずなのに
吐く息はふらふらしながら
音も立てずに
まあるい涙になって溶けてゆく

暮らしは
日常と非日常の間《あわい》で
行き着く先を捜しているのだろうか

明日に何が起こるかなんて
誰にもわからない

眠れない夜に
身体は重さを失い
宙に浮いている
君たちと同じだ
ふらふらした魂は
行く先が定まらずに
夜が眠れない

土の歯ぎしり

当たり前の日常に、突然、襲いかかる不幸はある。マグニチュード9・0の大地震は、津波被害に止まらずに、東京電力第一原子力発電所1〜3号機のメルトダウンを引き起こした。レベル7といわれる放射能漏れがどれほどの被害なのか誰にもわからない。この土地に住み続けて安全といえるのか誰も答えられない。今日の日常は、街中にある放射線測定器の測定値を知ることから始まる。廃炉にするまでの方法も時間もわからない。福島のカレンダーには、四十年もの先まで不安が記された。私に残された時間では、原発事故の終息を見ることはできないであろう。平穏な日々を、誰が、何のために、どこに、追いやり、追いつめ、追いこんでいるのか。

この田舎の小さな庭に繰り広げられるいのちの営みが、今となってはいっそう愛おしい。草木が芽を出し、花を咲かせ、虫や鳥がやってきて、実り、子孫を残し、やがて土に還る。いのちの循環。人間にもできることと、できないことがあるだろう。

震災から二年、植物が根こそぎ消された除染の敷地。いや、移染の庭。放射能に汚染された表土は五センチほど削られ南西の角に。土に還らないものを誰に託すのか。赤い印の内側から、土の歯ぎしりが聞こえる。

土よ、悔しいだろう。悲しいだろう。土の怒りを風に伝えよ。めっきり少なくなったスズメやメジロよ、土の空しさを歌え。それでも土は、この場所で、ふるさとの内側で、いのちを育んでいる。

泣く女

チェルノブイリの事故の後だったろうか
四十二年を耐えてようやく
スペインに戻った〈ゲルニカ〉を
どうしても見たくなったのだ

レイナ・ソフィア芸術センターの壁に
静謐に、それは佇んでいた
闘うべき相手は、戦争、暴力、憎悪
罪なき犠牲者を悼むピカソの心を見つめた

きゅう・てん・いち・いち
さん・てん・いち・いち
きわめて大きな傷を負ったことに気づいたとき
立ち竦《すく》むほかは無いのだろうか
愚かな過ちを自省できるのだろうか

〈ゲルニカ〉のなかの
児を抱えた女は天を見上げて慟哭《どうこく》している
児を孕《はら》めなかった女が口をあけて慟哭している
狂ったように取り乱しているようで
女の
運命とも
存在の混沌とも
哀しみの底の慟哭なのかと

この街で
私の切り株の年輪を擦《なす》りながら
〈ゲルニカ〉にあらためて想いを馳せる
児を抱えた女も
児を孕めなかった女も
見えないものを仰いでいる
祈り
自らの生
生き切ろうとする
頑なな意志

Ⅱ章　五月の献立

五月の献立

掘りがけの筍《たけのこ》の
苦み走った土の匂い
四年振りに作りました
筍ご飯
若竹煮
蕗と身欠き鰊《にしん》との炊き寄せ

あの日から
福島の私たち
食べる食べない

苦苦しい決断を
オブラートに包んで
呑み込んできました

「あなたのいのちをいただきます」
調理されるものたちへの仁義
心を込めて丁寧に
季節をいただきます
美味しくなあれ
元気になあれ

私たち人間も
永い年月をかけて
どれだけのものを食して
生きてきたのでしょう

地球の生きものたち
満腹になるとみんなが、笑顔
福島の私たち
今日の献立を
真剣に考えているのです
生気に満ちた緑の風に吹かれながら

梅ジャム

半夏生《はんげしょう》が過ぎて梅の実が芳《かぐわ》しくなると
脚立《きゃたつ》を出して梅を捥《も》ぐ
洗って一粒ひと粒なり口のホシを竹串で取り
湯に通し種を除く
砂糖を入れ焦がさぬように煮詰めていく
甘酸っぱい香りと
黄色に輝くジャムに仕上げていく

今夏の梅は豊作になった
どれだけの放射能を浴びたのか

測る手立てもなく
何度も迷って迷った挙句
すべての実を掬いでゴミ袋に入れた
分別できない苛立ちや
納まらない角張った腹立ちで
袋の口は開いたまま

煮沸の終わった小さな瓶たちも空いたままだ
曇った硝子瓶は無表情だ
暑い夏の喧騒も
ひとときの打ち水の涼やかさも
底に深く沈み込み
夕日が射しても乱反射することもない

向かいの幼児が

窓ガラスに顔をくっ付けて外を見ている
鼻の孔が楕円に二つ
唇が四角に歪んでいる
一緒に頰張った梅ジャムのおやつは
もう無いのだよ

五月の風

小石を拾ってはダメ
蟻をさわってはダメ
タンポポの綿毛を飛ばしてはダメ
だったらぼくはだれと遊べるの

砂場には
除染で削った土の山が
シートでおおわれたままで
ぼくたちは砂場で遊べない

作ってはこわし　こわしては作った
山も川もトンネルも
もう作り直せないんだね

放射線測定器が
線量の数値を光らせている

にらまれているようで
ちょっと怖いよ

柳の若芽が弱々しく
五月の風に揺らいでいる

鯉のぼりも

チューリップも
ぶらんこも
すべり台も
遊ぼうって言っているよ

ぼくは
いつだって
だれとだって
遊べるよ

雨だれ

ポツリ
ポツポツ
ポタリポタリ

球形の
透き通った
雨しずく
虹のかかった空をまるく映している
緑を湛えた田んぼをまるく映している

ザワザワ
ビタビタ
ジャブジャブ

処理が進まない
原発の汚染水の
歪んだ黒いしずく
ぐしゃっとつぶれた不透明な
液体の飛沫には何も映っていない
働く人人の汗も
したたり落ち
赤黒いかたまりが次から次と
雨上がりの海へ
ざんぶり転がり落ちている

フツフツ
クルクル
ドッキドッキ

臨月を迎えた娘の
羊水のなか
胎児の涙のしずく
雨だれのように
宙を濡らしている
鼓動のひとしずくが
まだ見ぬ天地を微かに揺らしている

生きろ
生きよう
生きたい

生を反射させて
雨だれの
コツコツ
虹の空に
木魂《こだま》する

House Warming

ようやく
自宅の修繕が終わりましたので
みなさん、おいでください
House warming
新しくなった我が家を温めてくださいね
あの日から、いっそう人恋しくて

雨樋《あまどい》も新しくしました
汚水桝《ます》も替えました
外壁も塗り直しました

濡れ縁も新しい木材にしました
予算がなくて屋根瓦はふき取りだけですが

庭は
五センチ削られ
のっぺらぼうで
西の片隅に
削られた表土を
抱えたままです
三層に重ねた防水シートに包まれた
あれらを

隣家の紫陽花《あじさい》が
覗いてくれています
しおしおとした暮らしを

抱きとめてくれるように
梅雨晴れのひととき
House warming
集う人たちよ
花々よ
ふるさとのすべてよ

夏の朝

時と時との間《あわい》
空が明けてくる
静かな夏の朝

梅雨晴れというのに
カッコウの声が聞こえない
カッコウの姿が見えない
いつもと同じ
夏の朝のはずなのに

震災の年は覚えていない
その翌年は五月二十日
そして三年目の昨年は五月二十三日
カッコウの初鳴きを聞いた

今年はどこで生命《いのち》をつないでいるのだろう
いつかは戻ってくるだろうか
カッコウよ
どこでもいい
あきらめるな
お互い生命を生きよう

耳を澄ますと
ヘンチュクリン　ヘンチュクリン
名も知らぬ野鳥が

鋭い声で鳴き渡る
チンチュクリン　チンチュクリン
鳥の影が
空の青に紛れ込んでいった

さあ、朝食の支度《したく》の時間だ

失くしたサンダル

庭の向こうの空き地には
除染作業で削った土が
大きな青いシートでおおわれたまま
傷ついた土饅頭《どまんじゅう》と化している

死の恐怖は和らいでも
新たな不安が増幅している
メルトダウンした現状も掴めていないのに
汚染水の浄化もできていないのに
今のところ原発は安全なのだと言う

あの日
ベランダに干しておいたサンダルの左片方が
いつの間にか無くなっていた
右片方は途方に暮れて
うなだれたままだ

左片方は、どこでどうしているのだろう
寂しくて泣いているだろうか
自暴自棄になって荒れてはいないだろうか
保管場所のないキケンブツのなかで
日向《ひなた》の匂いを思い出しているだろうか

サンダルよ
いつも日々の暮らしの足下にあったから

ふるさとの空のやさしさを
今日まで
伝えずにきてしまった
うかつだった

履き慣れたサンダルよ
失くしたままでは
この暮らしを紡げない
どこへ捜しに行けと言うのだ
どうにもできないことの前で無力なまま
それでも
おまえは今日も一緒に
わたしの足と歩いているよ

ちいさな涙

くじけそうで。
ちいさな涙をためて
うつむきながら歩いていたら
地べたの雑草たちに目が行った

踏まれ
蹴られ
抜かれ
刈られ
それでも、根を下ろした場所で生きている

スギナは
地上にはわずか数センチ程の茎を伸ばすだけだが
根茎を地中深くまで張り巡らしている
ちょっとやそっとでは抜けない

かつて原子爆弾を落とされ、すべてを失った広島で
真っ先に緑を取り戻した
緑が戻るのに五十年はかかるといわれた
死の大地に芽を吹いたのだ
どれだけ人々の心を勇気づけたことだろう

放射能汚染の除染を終えた我が庭も
最初に戻ってきた緑がスギナだった

なんとなく見てはいたのだが
　なにかを見落としていた

雑草は、どれもがうつむいてはいない
太陽に向かって葉を広げ、天を仰いでいる
果てしなく広がる空と
降り注ぐ太陽の光
これこそが
雑草がいつも見ている風景なのだ

雑草は、人間と隣り合って
同じ空間に生きている
乾ききったわずかな土にも
根を張って茎を伸ばしている

雑草の、感性は豊かだ
見えないように、そっと
ちいさな涙を輝かせて

劣悪とも思える環境に
飄々と抗い続ける
ちいさなものたちの
ちいさな、ちいさな、涙

じわりじわり広げて
うらうら大地に蔓延《はびこ》って
それぞれの生命をつなぐ。

Ⅲ章　秋の顔、冬の匂い

秋の顔

コスモスが風に揺れる
ススキが風になびく
セイタカアワダチソウが
風に逆らってつんつん威張っている
秋の顔は哀しい

いつものように秋が来て
磐梯山《ばんだいさん》に逢いに行く
いつからだったか
シュプールを描いたような山肌の

えぐられた傷が痛々しい
何事もないかのような
びくともしない日常のなかでは
見えにくい傷だ

ゆっくりと中瀬沼《なかせぬま》を歩く
水辺を覆うように広がる樹木
水面に映る紅葉
広い葉　細い葉　縮れた葉
一本の木の一枚の葉の
あきらかな秋

秋の顔は哀しみを忘れたがっている

素直に忠告を聞くときのように

きまじめに
逆らわずに
その顔は
どっしりと構えた磐梯山を見上げている

内なるふるえに
ひと筋、涙が伝う

秋の日足は早い
ことばにならないままの傷みを
悟られないように
茜色の雲に隠すと
こっそりひらいた
心のなかを
一陣の風が通り抜けて行く

ひと筋の涙の痕が、ようやく
夕やみに紛れて行った
それでも秋の顔は哀しい

とうもろこし畑

縦に並んだ十列のとうもろこし
若緑は子どもの背丈ほどになって
初夏の風になびく

梅雨の晴れ間のとうもろこし
グングン大きくなって
茎の先端に雄穂《ゆうすい》が出る
両手を広げて手をつなぎ合うようで
デモ隊の行進のようだ

とうもろこし畑をみつめては
ひたすら自分になろうとする
野菜たちの生長に
弛《たゆ》み無いいのちの声を聞く

もうすぐ
成熟した花粉が
雌しべ（毛）にしっかり受けとめられて
甘い果実をふくらませていく
私たちだって
確かな実りを
手放すわけにはいかない

新米

やっと放射能検査が済んだからと
地元の農家から新米が届いた
「放射性物質検査済」ふくしまの恵み安全対策協議会
米袋には不釣り合いな、ピンクのシールが貼られていた
生産者名と識別番号、ＱＲコードも
　今年も無事に収穫できて良かった
価格は去年より二千円安いけどね

去年の米が残っているらしい

米を収穫できた喜びと　どれだけの収入になるのか不安と
専業農家Aさんの白髪は　ますます増えた

さっそく米を洗う
手早く二回水を替え、三十回攪拌《かくはん》し
米糠《こめぬか》を落とすように水を替えて
ガス釜のスイッチを入れる

友人が集まって
新米パーティだ
さあ、いただきます
おかずは大粒の梅干し一つと奈良漬けが三切れ
ナメコと豆腐の味噌汁

この香り、このピカピカの照り
　これだこれだ、新米だ

小春日和の昼下がり
すっかり葉を落とした裸木に
穏やかな日差しが射して

「あなたの三月十一日から七月十一日までに受けたと推定される
外部被ばく実効線量は、およそ二・二ミリシーベルトです。
　　　　県民健康調査（基本調査）による推定結果」

フクシマを食しています。

柿の木

柿の木は
春に芽を吹き
雌花雄花を咲かせ
初夏には青い実を育て上げ
晩秋には実を色付かせる

たわわに実った柿の実
焼酎で渋抜きされるもの
皮を剝かれて干し柿になるもの
ヒトの手に掛かって

一つひとつ丁寧に加工され食される

枝に残された実は
小鳥や動物の餌となって食される
それでも残った実は
熟し
時には枝を折りながら
地面に落ちて
土に食される

柿の木は
手塩に掛けたその実の行く末には
心を配ることができない
硬くて折れやすい体で
その重みを

支えているだけなのだ

やがて
葉をすっかり落とすと
静かに冬を耐えて
また新たな春を迎える
喜びも悲しみも
大きく吸って静かに吐いて

まだ
その重みのことは
知るはずもなく

十二月

心構えが足踏みしている間に
初雪が
結晶となって窓ガラスを叩いた

今年も、はや師走
あれからの過ぎてきた時間の
深いキズ
しいん、と
凛とした空気が
〈禍も福も、一枚の紙の裏表だね！〉

不条理なことを嘆くなと
微笑む
眠れない夜の
闇の
せつない痛みも、また
心を養ってくれているのだろう

足踏みが追い付いてきた
冬の素顔が
初雪を迎えた

明日へ
フクシマの暦は
捲《めく》られてゆく

冬の匂い

沼の表面はうっすらと氷が張っている
取り囲む木々もすっかり裸で
櫻の木なのか
柳の木なのか見分けがつかない
どの枝も雪を纏《まと》い
濃淡の灰色の世界を成している

福島にできた特別の暦に
四度目の年の瀬がやってくる
浜通りの東電福島第一原発建屋にも

雪は降ったのだろうか
汚染水処理すらままならず
ようやく4号機の核燃料が取り出されたらしい
なかなか春の気配は見えない
何のこと？
今日《きょう》のニュースのなかの小さな出来事？

辛いことも
苦しいことも
悩み慈しみながら
受け容れていくのだろうか
弱さ強さ優しさ厳しさも

冬は
あしたを生きる

言葉をさがす時間なのだろう

春を迎える公園は
ひっそりとしていて冷静だ
この大地が歩んできた
地球四六億年の歴史
その奥底の言葉をさがし続けている
人間が
ゆがんだ落とし穴を残さないように

公園の出口のところ
枯れた譲り葉が
強い風と腕を組んで揺れている

耐寒《たいかん》

暗い闇が浮きあがってゆく
藍色と淡いピンクの半幅帯《はんはばおび》のような
朝ぼらけ
窓ガラスにへばりついている冷気に
内側から
仄かなぬくもりを伝えたい

除染だからと
日常を引きちぎった庭に
霜柱が

大地を押し上げようと
もがいている
生き残ったものの直覚

明けてきた闇が少しずつ形を成してゆく
山のはるか彼方から射してくる光
空気の笑顔のような
台所に満ちる湯気
内側から
口腹の確かな手ざわりを伝えたい

種を蒔いた家庭菜園の
どれを
食べる食べない
いとわしく

決断をする
生きて行くものの直覚

いつまで
野菜や果物を
切り刻んで
きっかり1キログラムに密封して
放射線量を測り続けるのか
この町の筍が
放射性ヨウ素131、不検出
放射性セシウム134、不検出
放射性セシウム137、17・5ベクレル

見えない疼きの芯を
呑み込んでいる

二月の雪

春の足音が近づいてきたなぁと思っていたら
どか雪になった
新聞配達の方が歩きやすいようにと
夜半から玄関先の雪を掃いていたが
朝にはドアが開かなくなるほどに積もっていた
雪を片づける場所が無く
北側の道路の雪を南側の庭に積み上げる

痛みだした足腰を撫でながら
しばしソチオリンピックを観戦

選手たちの
さまざまな思いを抱えながら
白き夢に無心に挑む美しさに見とれる
精いっぱい力いっぱい
生きているっていいな

オリンピック報道の合間にも
第一原発のタンクから汚染水一〇〇トンが漏れたとか
五七六カ所の農業用ため池の土から
高濃度のセシウムが検出されていたとか
行きどころのないニュースに
美しさとは無縁な姿が流れる
ため池は底が浅く水位が下がったりするだろう
汚染土が露出するかもしれない
この先何が起こるかわからない

春の雪解けは早い
真っ白な雪は消えかかり
雪垢になって
灰色の涙を流している
凍ることと融けることとの際《きわ》

あれからもうすぐ三年
ふるさとは何を運んで行こうというのだ
人間の美醜を重ねながら
再びの事故を起こさないために
終息への道を
したたかに
歩いて行く

Ⅳ章　生のリズム

福寿草

パラボラアンテナのように
お椀型をして
まぶしく光っている黄色の花
三月の暖かな日差しを受けて
福寿草が咲き出した

除染のために
表土を削った
庭の片隅に
当たり前のように芽を吹いた

こぼれたタネは
あるがまま
まっすぐに
伸びようとしていたのだ

自分の力だけではできないと知っていて
光と水と土と大気と気温と
それら喜んで力を貸してくれるものと
いっしょに育っていくのだろう

福寿草の花はとても感じやすく
日差しが陰り遮られると
すぐにしぼんでしまう
だから花びらで周りの空気を温めて

受粉してくれる虫を待つ

わたしたちもできれば
早春の福寿草といっしょの
仲間でありたい
愚直でいい
ささやかでいい
一輪の花を咲かせたいのです

花見

昔のひとは晴れ着を着て
花見に出かけたよ
花の美しさ、儚さを
心寄せるひとと分かち合いたくて

桜便りを聞くと
心をまっすぐに定めます
運動靴に履き替え
おしぼりをたくさんリュックに詰めて
待ち合わせ場所に向かいます

重度障がいのあなたとの花見だから

人込みを気にしながら
車椅子を押して
桜のトンネルを歩いて行きます
あなたは満開の花には目もくれずに
まっすぐ一点を見ています
花の内側の幹肌が
見えていますか
花びらをなでる風音が
聞こえていますか

花は必ず風に煽られ風に飛ばされ
咲かせても落花を見るのです
幹の内の声なき孤独

颪に奪われ
あっという間に
終わってしまう春の実体
花の危うさに出遭っているのに
人は目を塞ぎ
晴れ着だけを纏《まと》うのです

ふいに
颪が光るとき
いのちの重みを
あなたはそっと私に手渡してくれるのです
危うさを分かち合えるあなたと
今年も、花見に来ることができました

おらが春

目出度さもちゅう位なりおらが春　小林一茶

夜明けが少しずつ早くなってきた
カーテンを開けると
淡い桃花の色の朝焼けだ
「フクシマの暦」も四年になった
庭の汚染土もそのままの〈その〉まま

春分の日
鬼は外　外に出してはいけない鬼
福は内　内だけに囲ってはいけない福

わたくしのなかの
しばらくは飼っておきたい
おこりんぼ鬼
泣き虫鬼
苛立ち鬼

明け方のまどろみのなか
黒い鬼が覚めた目を光らせてきた
安らわず今日も高所で八方を気遣う
鬼瓦だろうか
瓦の上にはどこまでも空が広がり
屋根の下には小さな暮らしが在る
カーテンを開けて閉めての繰り返し
見られているのは戸惑っているわたくし自身

もう四年前とは同じではない春
おらが春は
はらってもはらっても降ってくる淡雪
イワシのはらわた
温もらない頬
鬼の眼にも涙
目出度《めでた》さもなかなか、ちゅう位とはいかなくて

*ちゅう位（信濃地方の方言）
あやふや・いい加減・どっちにもつかず、あなた任せ
阿弥陀如来に全てを任すの意

四月

早朝けたたましい小鳥の声
チュチュチュ　チチチ　チュンチュンチュン
二階の瓦屋根に巣作りしている
つがいのスズメだ

同じころ初孫も負けてはいない
ウギャウギャ　ギャーギャー　グシュングシュン
百点満点の赤子でしたよと
助産師さんのお墨付き
元気な男の子だ

ベランダの積算線量計の傍らで
三〇枚のおむつがなびいている
食品放射能検査を済ませた
地物の旬を調理
週末毎に赤飯を炊き
世話焼きバアバに
授かった小さな幸せ

ひとつ屋根の上と内
新しい生命《いのち》を宿した四月
守り育てようと一所懸命
泣き叫ぶ新しい生命たちは
未来の自分を励ましているのかしら
小さきものを育む四月
福島に生まれた生命に拍手

包む

赤ん坊を晒し布に包んで湯あみする
片方の手で両耳を塞ぎ
もう一方の手でゆっくり布を開いてゆく
なんともぎこちない
すべてをゆだねている赤子の重み
支えている手のひらが震える

新しいひとつのいのち
産声は天からの叫びのようで
泣く児を支え

だいじょうぶ
　だいじょうぶだよ
呪文のように唱えてみるのだが
　だいじょうぶ
　　だいじょうぶだからね
自分自身にも言い聞かせている

宇宙のなかの
ひとつの星に抱かれて
ヒトが育むものの不思議
いつか
邪悪なものにも包まれるだろう
それでも
確かなものはきっとある
丁寧に大切に包み込むものが

包まれ、包み、包まれ
　だいじょうぶ
　　だいじょうぶだよ
励ましながら
確かな重みを抱き留める

はじめの一歩

眠るか泣くしかできなかった赤ん坊が
日に日に大きくなることができた
笑うようになり
手足を動かす
でも、なかなか思い通りにはいかなくて
両の手を握りこぶしにして
何もできない自分に苛立っている

一歳の誕生日に周りの大人が
一生食べるに困らないようにと

一升餅《いっしょうもち》を背負わせた
君はテーブルの端に手をかけ両足を踏ん張り
その風呂敷包みの重さに耐えた
赤ん坊から幼児になろうとして

一歳と二か月目のその日
突然に仁王立ちした君は
両の手でバランスを取りながら
ようやくの一歩を踏み出して見せた
右手と右足
左手と左足
なんとバランスの悪い歩みなのだろう
すぐに、あわて、うろたえ、ころんだ

君はだれにも手伝ってもらわないで

立ち、歩くことを始めた
これからこうして
ほかのだれにも代わってもらえない
一人の自分という人間になっていくのだろう

空に向かって直立していく空豆のように
君は
晴ればれとして
みずみずしい

季節の内側で

願いをこめて花木を植える
一年後の私が
一〇年後の君が
一〇〇年後の誰かが
一〇〇〇年後の何ものかが
花を愛でることだろう
愛しい花よ

明治の安積《あさか》開拓民によって植えられた
開成山《かいせいざん》公園の桜も

富岡町夜ノ森《よのもり》の桜も
福島花見山《はなみやま》の桜も
会津鶴ヶ城の桜も
三春町の滝桜も
すべての桜よ

老木の太い幹の表面に
滲み出るように可憐なつぼみ
新しく伸びた若い枝には
一つ一つ花弁が咲きだした
いのちが歩いている
逞しい花よ

いのちを育むものに
望みを託してことばを紡ぐ

わたしのひとりごとを
君のやさしさを
はるかの賢人からの智慧を
くらしの手あたりを語り継ぐ
明日へ
いのちが歩いて行く
新しい人よ

生のリズム

太古の時代
ヒトが人間になろうとしていたころ
この街はどんなだったのでしょう
地球を取り巻いてきた地磁気も
磁極が何度も逆転したと言う
最も新しい逆転は七十八万年前らしいが
ヒトは
どんな経路が見えていたのでしょう
どんな方位磁石を具えていたのでしょう

長いこと流れてきた時間
それとわたしとのあいだにある
見えない流れ
無音
畏れ

去っていった多くのいのちが
地球の表面を丸く流れて
孔に吸い込まれ
地磁気を動かしているのかしら

その孔から
光りが流れてきて
夜明けを待つわたしの頬を
やさしく撫でるのです

あのときから五年
わたしは
ここで佇んできました
無音と思ってきたのは思い込みで
わたしにはわたしの
わたしのいのちの音がある

畏れ慄《おのの》く
だれかの声も
ときには心弾ませる
あなたの声も
まだ、不規則ですが
少しずつ
リズムになって

聞こえてきます

解説／跋文／あとがき

【解説】「梅の精」の「血の涙」を受け止める人
――高橋静恵詩集『梅の切り株』に寄せて

鈴木比佐雄

1

高橋静恵さんの詩はさりげない言葉で、身近な傍らに確かに存在して、懸命に生きるものたちの健気さを伝えてくれ、この世に生きる姿を痛みのように心に刻んでくれる。高橋さんは福島県郡山市に暮らし、二冊の詩集『檻のバラ』、『いのちのかたち』を刊行している。また『子どもの言葉が詩になるとき――福島の子どもたちの詩の歩み（明治期から昭和初期まで）――』という明治初期から始まる児童詩・児童自由詩・児童生活詩の歴史研究書もまとめている。また先ごろ福島県の詩人たちの支援を得てコールサック社で刊行することが出来た『三谷晃一全詩集』において、高橋さんもまた刊行編集委員の一人として出版に尽力してくれた。そんな高橋さんが第三詩集『梅の切り株』を刊行された。その新詩集に触れる前に二〇〇六年に刊行された第二詩集の冒頭に「一人静」という高橋さんの代表的な詩があるので、その詩を引用し紹介してみたい。

一人静

ぼく

今
ここに居るよ
笑顔と困惑のなか
出口のない悲しみを抱えて

庭の片隅
ささやかな命のかけら
あなたの足元に

あなたに
見つけて欲しくて
誰かに
好きって思われたくて
ぼく
今
ここに居ます

この詩によって高橋さんが足元に人知れず咲いている野草の花々から呼び掛けられ、その自然な美しさに魅了される感受性の持ち主であることが分かる。「ささやかな命のかけら／あなたの足元に」という表現を生み出す視線には、か弱い命が宿す掛け替えのない美しさに共感を寄せている。詩集のあとがきで次のように「一人静」を補足している。〈「一人静」は四歳の時の高熱で脳に損傷を受け癲癇に苦しみ、心身重度障がいと呼ばれている義弟横山巖との出逢いから生まれたもの。長く措置入院していたが、医学の進歩や社会情勢の変化に伴い、現在は施設や我が家で笑顔で暮らしている。私の心の片隅でいつも咲いている一人静の清楚な花である。〉と高橋さんは記している。私はこのあとがきで触れた義弟の存在を「一人静の清楚な花である」と受け止める高橋さんの眼差しの温かさに深い感銘を受ける。「出口のない悲しみを抱いて」いるにも関わらず、周りに笑顔を届ける義弟の存在を、奇跡のように感じて褒めたたえる精神が、この詩を存在者の多様な価値を問いかける高貴な詩にさせている。世間の価値観や経済効率などでは測れない、ただこの世にあることで美しい魂を感じさせる固有な存在にいかに寄り添い、共存していくことが出来るかという問いが、高橋さんの詩には秘められている。その意味ではこの世にある上で根源的な問いを読むものに無理なく自然に語り掛けている詩だろう。「あなたに／見つけて欲しくて／（略）／ぼく／今／ここに居ます」という表現は、私たちが身近にあっても見失っている他者の存在に気付かせ、その価値を新たに見出すことを自然に表現している。

詩集『いのちのかたち』の最後の詩は「呼吸根」で、西表島観光船に乗ってマングローブを見に行ったことを記している。最後の二連を引用したい。「復路は干潮が近づいていて／無数の呼吸根が口を開け／森はあたかも嘆息呼吸をしているかのよう／私の命もこの地球に生まれたほんの一欠けら／宇宙から見た瑠璃色の地球に国境線はない／争いも飢餓も／私にはマングローブほどの智恵もないが／命の鼓動を守りたい／／大地に抱きしめられて／ゆったりゆっくり時間が流れ／森を後にする水しぶきは／地球の味がした」

高橋さんは目に見えるマングローブだけでなく、その「呼吸根」の「嘆息呼吸」である「命の鼓動」の響きに耳を澄ますのだ。すると「水しぶき」は「地球の味がした」ように身体中で感じてしまう。高橋さんは年譜によると北海道に生まれ育ったので、大地や海洋など国境を越えていくことにこだわりのない感受性を自然に備えているのかも知れない。このように高橋さんは東日本大震災が起こる前までは、北海道や東北の北の大地の「命の鼓動」に抱かれて生きてこられ、詩作を続けてきたようだ。

2

新詩集『梅の切り株』は、序詩一篇と四章三十篇が収録されている。序詩「福島の桃」の最終連を引用してみる。

福島の桃
怒りや悲しみの味が
世界中の舌を閉め出した
にんげんの食をしめだした

この最終連を読めば、浜通りの大熊町と双葉町にまたがる東電福島第一原発事故により、浪江町や南相馬市や飯舘村などを経て、さらに阿武隈山脈を越えて放射線物質が、福島県の福島市や郡山市などの中通りの農産物に降り注ぎ、例えば福島の名産である桃を汚染させたことが想像させられる。高橋さんは「福島の桃」が放射性物質によって「怒りと悲しみの味」に変貌したことに驚愕する。「福島の桃」という存在が人間と同じように細胞が被曝されて怒り、そして絶望のあまり悲しみに沈んでしまい、桃の味が変わってしまったのではないかと恐れている。それによって「世界中の舌を閉め出した」と、あくまでも「福島の桃」が主体となる表現なのだ。高橋さんは「福島の桃」の果肉を我が肉体と同じようにその被曝された危険に恐れ慄くのだ。その「怒りと悲しみ」とは、福島県と東電が浜通りの東電福島第一原発に六基、第二原発に四基を安全神話の下で稼働させてきた「怒り」であり、高橋さん自身もその危険性に気付かずに、福島県民であるゆえにいつの間にか加担していたという「悲しみ」が入り混じった複雑な自責の念であるのだろう。そんな打ちひしがれていた事故後の状況のなかで高橋さんは郡山市内の仲間とともに、福島の食物の放射能汚染の実態やその安全性に関して講師を呼んで研究会を開いてきた。そして福島で収穫された食物を今後も暮らしに生かしていく在り方をこの五年間に試行錯誤してきた。原発事故の被害者でありながらも、またそれを黙認してきた加害者であるといった福島県民の複雑な思いが、「福島の桃」という詩を作り出したように感じられる。今回の詩集は３・11以後の五年間に書かれたものだが、きっかけは「郡山コミュニティ放送」のアナウンサーの宗方和子さんとの出会いによって、生放送のラジオ番組で朗読する詩として書かれたものだ。それらの詩篇を推敲し編集されたものが詩集『梅の切り株』となった。

Ⅰ章「梅の切り株」六篇は、福島の自然の「命の鼓動」によって生かされてきた高橋さんにとって、命そのものが破壊される出来事であり、そのことが記されている。冒頭の詩「梅の花が咲き」では、「いつもの年と同じように梅の花が咲き」出していたが、「すべての窓は閉ざされたまま」であった。後半の二連を引用する。「私のなかで眠っていたワタシが／なにをしてきたのでしょう／なにをしてこなかったのでしょう／なにができたのでしょう／なにができなかったのでしょう／私を責め続けてくるのです／／血の涙が／声なき悲鳴が／沈黙のなかで／ただただ畏れているのです」

高橋さんは「私のなかで眠っていたワタシ」と原発に無関心であった自己を断罪していく。この高橋さんの誠実さは、福島県民が原発事故への怒りを政府や東電や原発メーカーなどへ向かうことはもちろんだが、それだけなく自らの内側に向かって故郷を破壊させた原発を二度と再稼働させないという強い意志を示していることと重なっているように考えられる。原発事故によるあまたの「血の涙」や「声なき悲鳴」が心の奥底から競りあがってくる恐怖をそのまま記している。このような表現は高橋さん個人の表現であるが、当時の福島県民の恐怖心と、同時に故郷の山河を汚染させた痛みの在りかをかなり正確に伝えているだろう。原発事故の恐怖心と故郷の生き物たちの激痛を抱え込んだ表現が、今回の高橋さんの詩の大きな特徴であるだろう。

詩集のタイトルになった詩「梅の切り株」は六連から成り立っている詩であり、前半の三連を引用する。

梅の木を切ることにした
新築祝いにと義父が植えてくれた梅
ほんのり甘酸っぱいジュースやジャムは
家族の喉の渇きを潤し
クーラーの無い我が家の夏を癒してくれた

梅の木が切り株になった

外出先から戻ると、すでに
除染作業員の手で切られていた
切り口は楕円で
中心から三分の二は乾燥しているが
外側になるにつれて
血のような赤い色がじわじわ滲む

高橋さんにとって梅の木は、義父から贈られて家の守り神のような存在だったようだ。その梅の木にはたくさんの実がなり、「甘酸っぱいジュースやジャム」として家族の喉を潤し、梅の葉は陽射しをさえぎり、風を通して天然クーラーのような働きをして暮らしには欠かせない恵みであった。梅の木の花言葉は「上品」であり、義父は息子の家族に春一番に咲く上品な梅の花を毎年贈りたいと願ったのだろう。その梅の木は高橋さんにとって何よりの宝物だったのだ。

けれども放射性物質で汚染された梅の木は、それ以前の守り神や宝物のような木ではなくなってしまった。梅の木を切ることを作業員にお願いして、外出先から戻ると切り株だけが残されていた。切り株を見てみると外側が驚くべきことに、「血のような赤い色がじわじわ滲む」のが分かった。切り株が「血の涙」を流しているのだと高橋さんは直観したのだろう。

後半の三連を引用する。

切り株は寡黙になった
草木が引き剥がされ
空っぽになった庭の東の隅に
二十六年の歳月の欠けらがうずくまる

梅の精がひとり正座している
ごつごつとした幹肌には
薄い痛みが張りついたまま
この小さな庭で
わたしたち家族
これから暑い夏を
どうやって癒して行くのだろう

切り株にしたのはわたしだ
切り株の影が

私の背を抱いている
うつうつ
おろおろ
為すすべもなく
わなわな
れろれろ
闇の中で
溢れる嗚咽がわたしを抱いている

高橋さんの庭の草木はすべて剥がされ切り倒された。その庭の命を自らの決断で葬った後に、その虚しさが高橋さんに殺到している。唯一、梅の切り株に宿る「梅の精」だけが、「血の涙」を流しながら高橋さんの家族の二十六年間を語りかけてきたのだろう。「梅の精」から高橋さんは見られていることに気付いてしまったが、実際の梅の木はすでに存在していないので、後悔の念に駆られてしまう。そんな高橋さんは「切り株の影」が「溢れる嗚咽」の中でも、なぜか「わたしを抱いて」慰めてくれるような思いに駆られてくる。そんな「梅の精」や「梅の木の影」と共に高橋さんは再び生きなおそうとして、この詩を書いたのかも知れない。福島県の自然と共に生きてきた人びとにとって、原発事故がもたらした目に見えない傷や破壊は計り知れないものがあると、この詩を読んで私は再認識させられた。

Ⅰ章の他の詩篇、詩「若葉のように」では「いまだ廃炉までの道のりさえわからない／いつだって、私は切り株に問われている」といい、「おずおず／こわごわ／自問しながら生きている」とその内面の格闘を記している。また詩「ふらふらした魂」ではメルトダウンした核燃料や汚染廃棄物を「とぐろを巻いた蛇」といい、それが私たちの魂を飲み込んでしまう恐れを描いている。「土の歯ぎしり」では「五センチほど削られ」た土に寄せて「土よ、悔しいだろう。悲しいだろう。土の怒りを風に伝えよ」と汚染された土の思いを代弁する。「泣く女」では、ピカソが描いた空爆下の「ゲルニカ」の中の女たちの「哀しみの底の慟哭」を我が事のように感じている。

3

Ⅱ章「五月の献立」八篇は、食物に寄せる詩や喪失感を抱いている身近な物などに触れた詩篇だ。例えば「五月の献立」の「あの日から／福島の私たち／食べる食べない／苦苦しい決断を／オブラートに包んで／呑み込んできました」と語り、「あなたのいのちをいただきます」と命への感謝に立ち戻っていく。詩「失くしたサンダル」では、喪失感を越えて、「それでも／おまえは今日も一緒に／わたしの足と歩いているよ」と心に「失くしたサンダル」を履いていることを語っている。

Ⅲ章「秋の顔、冬の匂い」八篇は、東日本大震災以後に巡ってきた自然の中で秋と冬のことを記した詩篇だ。詩「秋の顔」では、「いつものように秋が来て／磐梯山《ばんだいさん》に逢いに行く」と「秋の顔は哀しみを忘れたがっている」ことを知るのだ。また詩「新米」では、「友人が集まって／新米パーティ」を開いて、二〇一一年の「外部被ばく実効線量」を想起しながらも、「フクシマを食しています」と新たな生活を共に創っていこうと心を新たにしている。

Ⅳ章「生のリズム」八篇は、再び巡ってきた春の詩篇であり「生のリズム」を少しずつ取り戻しつつある心が描かれている。詩「生のリズム」の最後の二連を引用したい。ようやく高橋さんは「わたしのいのちの音」や「だれかの声」や「あなたの声」などに聴き入るエネルギーが甦ってきたのだと詩行から感じられる。東電福島第一原発事故以後の福島県の人びとの真の思いを知りたいと思う人びとにこの詩集をぜひ読んでほしいと願っている。

「あのときから五年／わたしは／ここで佇んできました／無音と思ってきたのは思い込みで／わたしにはわたしの／わたしのいのちの音がある／畏れ慄《おのの》く／だれかの声も／ときには心弾ませる／あなたの声も／まだ、不規則ですが／少しずつ／リズムになって／聞こえてきます」

跋文

高橋静恵さんとの出会いは、郡山市障害者福祉センターの音訳ボランティア講座でした。目の不自由な方の為に福祉情報誌などの音声録音をして下さる方の養成が目的です。私は講師。静恵さんは、誰かの役に立てるのならと集まって下さった受講生の一人でした。教室には人生の先輩ばかり。実は私が学ばせてもらっていたのです。ある日、レッスンの為皆さんに詩の朗読をお願いしました。お好きな詩をと。静恵さんの番です。何かが違う。響く。届く。伝わる。借りてきた言葉じゃない。もしかしたら… やはり自作の詩。静恵さんは、「詩の会こおりやま」の会員としてたくさんの詩を書いていらしたのです。私はその場でお願いしました。ラジオへのご出演です。郡山コミュニティ放送（ココラジ）は、震災後サイマル放送で全国どこでもスマートフォンやパソコンで聞けるようになったばかり。私は番組パーソナリティとして生放送を担当。その番組で静恵さんに詩を紹介してほしいと迫ったのです。どこまでも控えめな静恵さんでしたが何とかご協力を頂ける事に。毎月第四金曜、午前十一時二十分。ゲストとして静恵さんが登場。震災後も被災地のこの町で暮らす女性目線での詩作を依頼。生放送で朗読してもらい、込められた想いを聞き出す企画。小さなラジオで誰にどんなふうに届くのか、手探りの中、放送がスタート。静恵さんの詩は命の循環の尊さを叫びます。それは心に一滴ずつ沁み込んで奥深く影を落す事も。

　義父から贈られた梅の木は、家族の四季に潤いをもたらす恵みの木。長年愛した梅の木を除染のために切る事に。切り株から滲み出るのは梅の精か？　静恵さんの涙か？

　柿の実は地面に落ちて土に食される。霜は大地を押し上げ、次の命を迎える準備をする。土に還らない危ない物をかかえた町にも子どもが生まれます。そこには、精一杯その子らを守ろうとする者がいるのです。次代を受け継ぐ彼らに、広島の焼けた大地に最初に姿を現わしたスギナのように逞しく生きよと静恵さんは励まします。ココラジでの放送も三年が過ぎ、今では、北海道、山梨、福岡など県外からも反響が。そしてココラジでの朗読作品を中心に詩集が発行される事に。ラジオの生放送では、紡いだ言葉を引き留めて楽しむ事はできません。今度は詩集としていつでも触れる事ができるのです。「梅の切り株」「梅ジャム」「泣く女」で痛みの涙あふれるままに身をよじらせ、「包む」「はじめの一歩」を声高らかに朗唱し、生きる喜びを全身で感じ取る事も。どうかこの詩集に綴られた想いを声に出して読んで下さい。この詩集を手にして下さった貴方と「分かち読み」ができる事が幸せです。静恵さんと出会えた事、跋文を書かせて頂いた事を誇りに思っています。


フリーアナウンサー・日本俳優連合会組合員　宗方和子

あとがき

ある日突然、それまでの日常から引き離されました。さらに、不条理なことをたくさん感じながら、非日常を日常として受け容れざるを得なくなったのです。

こうして私は、二〇一一年三月に起きたあの東日本大震災と東京電力福島第一原子力発電所事故後、あらためてこの地で生きていく覚悟をしました。

震災後すぐ、詩友の渡辺理恵さんと、〈哲学カフェ〉ならぬ〈ことばカフェ〉を、理恵さんのアトリエで開きました。この地に暮らし続けるための知恵や言葉を、集まった人々と共有したかったからです。毎回、松谷さんが点ててくださった一服の抹茶に癒されながら、一年ほどの間に、六回開催することができました。

それから程なく、障がい者福祉センター主催音訳講座の講師をされていた、宗方和子先生との出会いがあり、「あの原発事故後の郡山に住む主婦目線で、言葉を紡いで欲しい」との依頼を受けました。それから三年。〈聞いていただいたことば〉に手を加えて、〈読んでいただくことば〉にして、詩集として出版することにしました。

これらの言葉の断片は、原発から、およそ六〇キロの距離を隔てたこの地で、当たり前に暮らしている一人の主婦の、独りの〈悶え〉です。

「君は、いつも何かに怒っていて、そして、何かを責め続けている
そんな女《ひと》だね。」

これは、日々の暮らしのなかで、〈白か黒か〉または〈どうすべきか〉決断をしなければならない私に、傍で見ていた夫が言った言葉です。

それは、真正面からまっしぐらに挑み続けてきた私の〈個〉、に対する夫の客観的な感想なのでしょう。私としては、不条理なものも受け入れなければならない自分自身への、瞋《いか》りのつもりだったのですが……。

結婚して三十五年、私の〈生〉を支え続けてくれた夫には感謝の一念に尽きます。

この詩集発行にあたって、「詩の会こおりやま」の皆様、宗方和子先生、解説文を書いてくださった鈴木比佐雄氏はじめ、コールサック社の皆様、他にもたくさんの方々にお世話になりました。心より御礼申し上げます。

二〇一六年七月

高橋静恵

著者略歴

高橋静恵（たかはし　しずえ）

1954年（昭和29年）北海道札幌市生まれ

著　書

1985年（昭和60年）詩集『檻のバラ』（自家版）

2006年（平成18年）詩集『いのちのかたち』（自家版）

2011年（平成23年）研究書『子どもの言葉が詩になるとき』（自家版）

2016年（平成28年）詩集『梅の切り株』（コールサック社）

所　属

詩の会こおりやま　福島県現代詩人会　各会員

現住所

〒963－0201　福島県郡山市大槻町字天正坦2－42　横山方

石炭袋

高橋静恵詩集『梅の切り株』

2016年7月28日初版発行

著者　高橋静恵

編集・発行者　鈴木比佐雄

発行所　株式会社 コールサック社

〒173-0004　東京都板橋区板橋 2-63-4-209

電話 03-5944-3258　FAX 03-5944-3238

suzuki@coal-sack.com　http://www.coal-sack.com

郵便振替　00180-4-741802

印刷管理　（株）コールサック社　製作部

＊装丁　杉山静香

落丁本・乱丁本はお取り替えいたします。

ISBN978-4-86435-259-8　C1092　￥1500E